KB241563

그리움의 넓이

그리움의 넓이

김 주 대   시 집

창비

차 례

제1부

시간의 사건

시간의 사건

우주는 지구를 저질러놓고
용암 같은 점액질의 시간을 흘려보냈다
육신을 만난 시간이 뼛속에 나이테를 새겨
뜨겁고 촘촘히 과거를 감아놓았다
나는 사건이다
깊은 숲 속 시간의 무거운 흐름 위로
어느날 튀어오른 물고기처럼
세상에 왔다
어머니의 무당은 육신의 나이테를 벗겨
기록을 읽고 미래를 점쳤지만
시간의 열기 속에
형체도 없이 사라지기 전까지
생은 시간을 역류하여 솟아오른 사건이다
아들이 나의 해결할 수 없는 벅찬 사건이듯이
모든 생은 스스로를 수습한다

터미널

큰 가방을 들고 훌쩍거리던 아이가
버스에 올라 자리를 잡자
늙은 여자는 달려가 까치발을 하고
아이 앉은 쪽 차창에 젖은 손바닥을 댄다
버스 안의 아이도 손바닥을 댄다
횟집 수족관 문어처럼 달라붙은 하얀 손바닥들
부슬비 맞으며 떠나는 버스를
늙은 여자가 따라 뛰기 시작한다
손바닥에 붙은 손바닥이 떨어지질 않아서

진화론

벼랑 끝에 이른 삶은 허공에서 길을 찾는다
그때
몸 전체가 허공을 만지는 눈이어야 한다

(땅에서 추방된 새는 하늘에 터널을 뚫는다)

길 아닌 길을 밟는 몸 전체가

지네처럼 섬세한 발이어야 한다

(빛에서 추방된 벌레는 눈을 감고 땅속을 전차처럼 간
다)

아무도 가지 않은 길을 가는 공포가
생을 전향시킨다
눈이 없던 곳에 눈이 생기고
온몸에서 발이 자란다

(사실, 모든 진화는 징그럽고, 괴물은 새로운 곳에서 탄
생한다)

행려

어떤 영혼의 행려자가
가던 길을 벗어놓고 떠난 것일까
버려진 신발이 물컹했던 살의 기억을 안고
비 오는 길 끝으로
발목도 없이 홀로 걸어가고 있다
하얀 빗줄기가 신발을
자꾸 허공으로 끌어올린다

지도를 찾아서

어느새,라는 말이 좋겠어
최루탄이 터지던 골목에서 따가운 눈을 비비며
오래전 잊은 벗의 촛불을 잠깐 본 기억을
청춘의 한때였다고 부를까도 해

옛 여자를 만나
서로 다른 처지를 울다가
흐린 날 빨래를 널어놓고 나온 사람처럼
선풍기를 끄지 않고 퇴근한 시간처럼
설거지통에 쌓인 그릇에서 날파리가 날기 시작하는
여름처럼 불길하고 불안했지
개미 한마리를 오래도록 따라가다가 돌아오니
난시는 심해졌고 게으른 시간에 수염이 자랐어

생의 근처 어디에서나 몰려가던 촛불
상복 입은 사람들이 든 붉은 깃발은 선명했고
근처까지만 갔다가 혼자 살겠다고 돌아와 죗값을 치르듯
술을 마시고 구토를 했지

해 지는 저녁 구름 속으로 가는 눈먼 새를 올려다보며
겨드랑이를 들썩거려본 게 전부였어
한번 들썩거릴 때마다 십년이 가버렸는데
날기는커녕 올무에 걸린 짐승이 발버둥 치는 소리로
차도에 버려진 젖은 깃발 같은 노래만 부르고 다녔지

지도를 잃어버리고 남극을 찾아가는 스폰서 없는 탐험가
처럼
눈보라 치는 몸에
동상 같은 얼룩이 생기고 나서야
청춘은 자신을 잃어버리지 않기 위해 지도 한장을
몸에 새기는 시간일지도 모른다는 생각을 했어
부끄럽게도 나를 읽어보고 싶었던 흐린 날에는
버려진 깃발을 주워 집으로 돌아가는 사내의 처진 어깨
같은 날에는

선명성은 늘 벗들의 몫이었을 뿐
내게서 희미하게 멀어지는 나를 보았어

안경을 벗고 보아야 보이는 노안의 시절

어느새, 그럴 거야

희미한 지도일수록 나를 떠난 적 없는 몸에 새기는 게 최고겠지

희미해도 나의 삶이 나의 지도라면

가끔 쓰다듬어주는 것만으로 길을 잃지 않겠지

나의 노래가 한 시대의 축도라면 좋겠어

노래를 부를 때마다 조금씩 선명해지겠지 죽을 때까지

안행(雁行)

새들은 죽어 허공이 된다
땅으로 내려온 적 없는 허공은 새들의 내세(來世)다
그러나 죽지 않고 허공에 이르는 길을 새들은 알아서
겨울을 깊이 난다

노래 되기

비딸리의 샤콘느 G단조는 명주실 물결처럼 흘러다녀요
머리로 소리가 들어올 때 콧구멍을 찌르는 것처럼 아파요
집중하여 듣다가 참말로 코피가 나기도 하는데
슬픈 음악을 듣는 몸은 물의 방이 됩니다
물을 담은 얇은 피부가 가늘게 흔들릴 때 목구멍 안으로
들어가
제가 제 속에 앉아요 그러면
자궁 이전의, 제 아버지의 아버지의 아버지였을 적 냄새가
목구멍으로 올라옵니다
눈이 깊은 조상들은 커다란 눈물 덩어리 같은 음악이었
던 거예요
발바닥에서 차오르는 음들이
저수지 물처럼 가슴의 어두운 기슭에 와서 부딪쳐요
찰랑거리며 앉아 먼 데 있는 사람들을 생각하면
음악은 멀리 가지요, 아주 멀리
누가 제 손을 잡아보세요 음들이 식은땀처럼 흐를 거예요
누가 제 몸에 코를 가져다 대보세요
슬픈 것들의 냄새가 이런 거라고 생각하면 틀림없을 겁

니다

그리스 레지스땅스 데오도라키스는

음악으로 저항하다가 음악이 된 사람입니다

아주 먼 나라 그의 머리카락에서 사시나무 이파리처럼 흘러나오는

음악의 달큰하고 시큼한 냄새를 맡을 수가 있어요

막다른 골목에서 만난 사나운 개가 짖을 때

개의 입에서 개의 분자가 방출된다는 어느 철학자의 말을 믿어요

그러니까 몸은 음악의 분자들을 흡입하면서 촉촉해지는 거지요

눈물은 눈에서 나는 게 아니라

심장이나 발바닥 이런 데서 흐른다고 해도 돼요

봐요, 이렇게 몸을 기울이기만 해도 음이 출렁, 하잖아요

노래를 부를 겁니다

머리를 들고 입을 벌리면 소리의 분자들이 허공에 방출됩니다

노래는 바람을 타고 가서 멀리

어두운 생을 지고 누운 사람들의 머리맡에서 찰랑거릴
거예요

그리고 그들과 함께 냇물처럼 흐를 겁니다

분명해요 진짜로 그렇게 믿으면 그렇게 돼요

화가

몸의 기억을 따라 진동하는 붓을 든다
세계를 감지하던 영장류의 털처럼 수북한 신경
오래된 몸속의 색 하나를 끄집어내어
도화지에 안치한다

어떤 거대한 느낌과 싸우다가 너덜해진 신경을
짓이겨 바르기도 하고
오감의 용광로에서 끓고 있는 전부를
화폭에 붓기도 한다
깜깜한 화실에서 화면이 불타는 이유이다

어떤 것으로도 결정되지 않은 감각의 용액을
도화지에 부을 때 육신은 화폭으로 온전히 이동한다
몸에 흐르는 사건들의 입체가 2차원 평면에
납작하게 눕는 일이 쉽지 않다
화면은 홀로 운다 밤마다 불타고 울고 살아서
빠져나가는 색으로 흔들리는 몸, 음악 같다

힘겹게 세상으로 나오는 색이 붓을 잡고
아주 다른 세계를 연주하기 시작한다
색 하나가 몸을 빠져나온 이유로 세계의 색이 바뀐다

태산(泰山)이시다

경비 아저씨가 먼저 인사를 건네셔서 죄송한 마음에 나중에는 내가 화장실에서든 어디서든 마주치기만 하면 얼른 고개를 숙인 거라. 그래 그랬는지 어쨌는지는 모르겠지만 아저씨가 우편함 배달물들을 2층 사무실까지 갖다 주기 시작하시데. 나대로는 또 그게 고맙고 해서 비 오는 날 뜨거운 물 부어 컵라면을 하나 갖다 드렸지 뭐. 그랬더니 글쎄 시골서 올라온 거라며 이튿날 자두를 한 보따리 갖다 주시는 게 아닌가. 하이고, 참말로 갈수록 태산이시라.

주체

나는 나의 바깥에 있다

나오지 못하는 무슨 말 입안에 물고 어눌할 때
나뭇가지 끝 단풍이
바람을 끌어와 입술처럼 팔랑거리며 소리를 낸다
나의 입술은 나뭇가지 끝에 있다

길거리에 주저앉아 낮술 마시는 행려자의 야윈 엉덩이가
시멘트 바닥에 차갑게 젖을 때
느닷없이 서늘해지는
나의 엉덩이는 나도 모르게 시멘트 바닥으로까지 넓어
진다

더러 나는 살갗의 밖으로 나가거나
적어도 거기까지 확장된다

종이박스를 리어카에 잔뜩 싣고
비탈길을 올라가는 노인의 굽은 허리를 밀어드린 뒤부터

허리가 아프다
노인의 허리까지가 나의 허리였던 거다

저녁 산을 넘어가는 햇살이
세상을 돌아보며 어두워질 때
붉게 충혈되는 눈은 밤으로 가고 있다
어둠이 와서 잠들면
반딧불 깜박이는 눈빛으로 고단한 꿈을 꾸다가
나의 눈은 어둠의 끝까지 깊어진다

죽음을 지고 노동자가 고공에 오를 때
아찔해지는 나의 발바닥과
노동자의 헐벗은 이마에 붉은 띠가 묶일 때
불현듯 현기증에 시달리는 나의 이마

나는 나의 바깥이거나 바깥까지이다
나의 몸이 아득하게 넓어질 때
눈물도 밖으로 흘러나와 제 있던 곳으로 돌아간다

나는 나의 오래된 바깥까지이거나 오래된 바깥이다

오프라인
오마이뉴스 블로거 배광우 님 방문기

생전 처음 가보는 먼 남쪽 사투리의 작은 도시
봄바람 선선히 부는 낯선 주차장 앞
햇살 잘 드는 골목길로
알고 있는 단 한 사람을 느닷없이 찾아가 기다리는 일은
아늑하고 설레는 일이기도 하지
또 그이와 만난 반가운 저녁 첫 술집으로 들어가
자글자글 막창을 굽는 일은 어찌나 푸근한 일인지
오랜 옛 사람인 듯 살아온 얘기들을 두런두런 꺼내어
안주 삼아 권커니 잣거니 술잔을 기울이다가
아이고 이 먼 데를 그래 우째 왔능교, 할 적에는
나그네 손님 비슷한 행세도 좀 하면서
은근히 술 오르는 맛은 특별하게 기분 좋은 일이지
아무에게도 말하지 않은 속 깊은 얘기 들은 보답으로
2차는 내가 산다 해놓고 또 얻어먹고 얻어먹고
아침에 후회를 하든 말든 그대로 좋게만 취하지
말 못했던 서글픈 얘기 하나 보답으로 꺼내놓고
서로 쳐다보고 웃다가 사내끼리 와락
뜨겁게 손목 잡는 싱거운 술주정도 하지

가로등이 고개를 조금 돌린 어두운 골목
담장 아래 나란히 서서
정다운 두 줄기 오줌을 보내고
그야말로 새 출발 하는 마음으로 3차를 가는 거
사는 중에 이런 일등 재미를 봤느냐는 거지

폐가에서

더운 여름을 핥으며 덩굴의 혓바닥이
떠나지 못한 영혼처럼 마당을 걸어다닌다

두고 간 신발 한 짝이 깨금발을 딛다가
웃자란 풀 속에 다리를 던져놓았다
밤이 되면 한쪽 다리를 끌고
창문 아래 그늘 쪽으로 가서 우는지
그늘의 벽에 물기가 비친다
떠난 이들도 밤마다 환지통을 앓을까

품었던 푸른색을 내려놓은 지붕
허공의 바람을 안고 견디던 녹슨 처마가
덩굴을 따라 흘러내리는 여름 한낮
버려진 약병 속에는
주인의 오래전 기침이 고름처럼 새어나온다
가구가 머리를 뉘며 기울어지는 소리가
덩굴에 감긴다

허공에 내장의 물기를 풀어놓고
거미가 고요히 머리를 드는 시간
폐가의 덩굴은 죽어가는 사람이 머리를 들고
마지막 오후를 바라보는 것이라고 말하고 싶다

영혼의 인간

공격은 1차원 선의 세계이다.

무지몽매 달려가 어느 끝에 다다르면 공격은 완성되고 파괴만 남는다.

그리고 세계는 닫힌다.

그리움은 2차원 면의 세계이다.
견딜 수 없는 갈망으로 천지를 두루 헤맬 때
그리움의 아득한 넓이는 완성된다.

슬픔은 3차원 입체의 세계이다.

그리움의 아득한 넓이를 가진 사람이

생을 온전히 지고 위를 향해 꿈으로 솟구치다가도

수직으로 떨어져 고통의 구덩이에 빠지면

그의 생은 마침내 3차원 입체를 가지게 된다.

사람다워 보이기 시작한다.

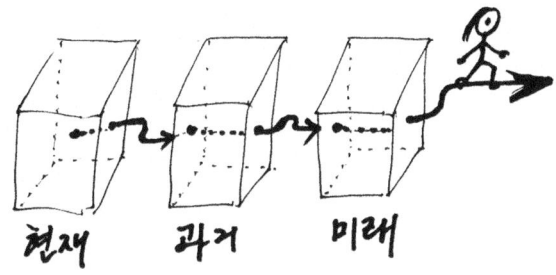

현재　　과거　　미래

꿈을 가진 사람은

시간과 공간 이동이 가능한 4차원의 세계로 갈 수 있다.

나열된 3차원의 세계들을 연속적으로 관통하는 것은

꿈을 통해서만 가능한 일이기 때문이다.

최종적으로 인간의 삶은 꿈을 통해 과거든 미래든

다른 세계로 이동한다.

그리고 이동에는 반드시 영혼이 동행하게 된다.

영혼의 인간은 그렇게 탄생한다.

시간의 윤리

내 안의 저녁들을 다 걷지 못했어도
지금은 더 깊은 밤으로 가야겠다
조개껍데기처럼 하얗게 굽은 어깨 위로 바람이 불 때
어두운 가등 아래 쪼그리고 앉아 부르던 노래
울음의 냄새가 피어오르던 뒷골목
뼛속까지 따라온 이름들을 버려야겠다
울며 부르던 노래는 남아
내가 떠난 뒤에도 저녁의 목청을 가다듬고
휘파람 불며 쓸쓸히 돌아다니겠지
가끔 돌아올 수 없는 시간이 그리워도
깜깜한 밤으로 가면
내 안의 깊은 하늘에 피부병 같은 별이라도 뜨려나
밤비 내려 한 열흘 고독의 창살에 갇힌 맹수처럼
붉어지는 눈이려나
생의 먼 데서 먼 곳까지 내 안의 저녁들을 다 울지 못했어도
이제 더 아픈 밤으로 가야겠다
남루한 도둑처럼 담을 넘다가
황급히 지나가는 별의 눈물을 맞는다

최고급 스테레오 시스템

바닷가, 눈 감으면
내 왼쪽 귀에서 그대 오른쪽 귀로 파도가 지나갔다
샛바람이 몰려와
하얗게 뒤집히는 떡갈나무 이파리들처럼
고막에서 구슬 쏟아지는 소리가 들렸다
그대와 바다는 한번뿐이었는데
그후로 오랫동안
잠들지 못한 파도 소리로 이불이 젖었다

철근콘크리트 벽

벽은
소처럼 서서 빗속에 붉게 운다
안을 지키기 위해
밖을 견뎠을 것이다

눈물의 안은 무사하다

쉿, 용접공 김씨 작업 중이시다

불꽃이 강철 속으로
파랗게 스며드는 소리가 들린다
용접공 김씨의 눈은 강철의 차가운 호흡을 읽으며
강철의 굳은 심장에 불꽃을 밀어넣는다
꿈틀대며 서서히 불꽃을 호흡하는 쇠
강철이 살아난다
김씨의, 오톨도톨 복숭아씨처럼 단단히 굳은 턱과
길고 깊게 파인 인중 사이
수평선처럼 꽉 다문 입술
안경 너머로 불꽃의 혀를 바라보는 정지된 눈빛이
쇳물의 시간 속으로 벌써 몇시간째 흐른다
목울대를 타고 가끔 침이 꿀꺽 넘어갈 뿐
아무도 다가갈 수 없고
모든 대화는 끊겼다
용접공 김씨의 굳게 닫힌 문 앞에 무릎을 꿇어야
강철 피부에 스며드는 파란 불꽃 몇 마디
들릴 듯하다
그 어떤 기호도 무용한 지금

바람의 얼굴

노을은 바람이 얼굴을 가지는 시간이다
붉은 구름으로 천천히 입술을 움직여
바람은 오랫동안 품어왔던 말들을 시간의 서쪽에 내려놓
는다

돛대 끝에 올라앉은 갈매기 한마리가
노을의 목소리에 젖어
하늘을 듣고 있다

바람의 말을 품고 갈매기는 곧 멀리 날 것이다

한 끼

　무릎이 많이도 튀어나온 때에 전 바지의 사내가
　마른 명태 같은 팔로 몸의 추위를 감싸고 표정 없이 걷
다가
　시장 입구 버려진 사과 앞에 멈추어 선다
　산발한 머리를 들어 사방을 한번 둘러보더니
　발가락이 삐져나온 시커먼 운동화 발로 슬쩍슬쩍 사과를
굴려
　구석으로 몰고 간다

인내천(人乃天)

아버지의 정자는 갈기를 달고 사자처럼 달렸다
나의 시작은
소용돌이치는 어머니의 열기 속으로
아버지가 맹렬히 뛰어들 때부터이다
아니, 나의 시작은
아버지가 어머니의 벌거벗은 곡선 위에서
꼬리뼈를 흔들며 정자를 태동시키던 때부터이다
아니, 정자 이전 수유기의 아버지가
할머니 유두에 입을 대던 그 따스했던 처음부터
할머니의 젖과, 젖을 돌게 한 펄펄 끓던 미역국부터
미역부터가 나의 시작이다
아니, 더 거슬러올라가 나는 물을 잡고 울던 해저
미역을 밀어올린 바다이기도 하지만
천둥과 시퍼런 폭우로
일렁이는 바다를 쏟아낸 하늘이 나의 진짜 시작이다

지금 하늘은 아들을 통과하고 있다

제2부

마주침

새의 화석

돌이 된 하늘, 새는
한번의 날갯짓으로 백만년을 난다
흐르지 않는 시간의 딱딱한 결을 뚫고
퇴적된 돌 속 바람 소리가 바위처럼 융기한다
순간, 돌의 허공에 날아올라
시간과 바람과 중력의 균형점에서 날개를 펴는
한마리 새
날지 않으면서 날아
뜬눈으로 백만년을 높이 멈춘다

너는 울 수 없는 곳에서 울며
올 수 없는 곳으로 날아, 오고 있다

소리치는 목숨

거울을 본다는 것은
목숨의 어둑한 구멍을 들여다보며
자기 안의 허공을 향해
소리를 지르는 것이다
살로 살아온 기억의 무늬가
두드러기처럼 온몸에 번질 때
고함을 삼켜
자기 안의 빈 곳을
까마득히 울린다
거울 속의 한 점에 눈동자를 풀어놓고
시선도 없이 앉아 있는 것은
목숨이 뜨듯해지도록
자기 살을 찢는 비명인 것이다

웃음을 끌고 가는

사내가 턱에 걸린 휠체어를 밀어주자
휠체어에 앉은 여자가 고개를 뒤로 젖히며
덜컥, 웃는다
휠체어를 밀어준다는 것이 그만
여자의 이마 안에 감춰진 미소를 민 모양이다
휠체어에 앉은 여자의
안면 쪽으로 밀려나온 미소가 들어가지 않는다
미소가 앞장서 간다
휠체어를 미는 사내가
여자의 미소에 웃으며 끌려간다
미소가 웃음을 끌고 가는 언덕길 오후

영혼 의자

남은 해의 하얀 숨소리가 강을 건너고 있다
강가에 오도카니 앉아 귀를 열고
멀리 가는 저녁 발소리를 듣는다
바람을 이불처럼 끌어당기는 추운 밤에는
뼈마디에서 해의 발소리가 삐걱거리겠다

먹먹한

김밥으로 끼니를 때우기 전에 알바생 어린 딸이
흘깃 쳐다보았을 진열장 속 비싼 음식 모형
나도 모르게 침 넘어가는 순간 몸에는 어느새 눈물 냄새
가 번진다
시급 오천원짜리 딸이 퇴근하는 새벽까지
졸면서 책상에 앉아 돈 안되는 글을 쓰다가
아빠 뭐해? 문자가 오면 벌떡 일어나
응 지금 돈 되는 글 쓰고 있어~ ㅎ^^,라고 답을 보낸다
키가 훌쩍 커버린 아픈 막내는 가족이 모두 일하러 간 사이
화장실 옆에 걸레처럼 길게 몸을 뉘어놓고
구토가 날 때마다 어린 고독을 울컥울컥 쏟아낸다
아내가 다른 남자를 만나더라도
탈모증을 좀 잘 가리고 예쁘게만 보여
맛있는 것 무사히 얻어먹기를 솔직하게 빈다
그래서 나는 이 집안의 애비다
젊은 날의 사랑으로 목숨을 떼어 만든 저것들이 다 클 때
까지는
살기 싫어도 살아 있어야 한다

혈액처럼 몸속에 흐르는 눈물은 어쩔 수 없다고 하더라도
눈두덩에 눈물 같은 걸 올려놓지는 말아야 한다
아가리로 울면서 아가리로 밥을 처넣는 게 인생이라면
김밥이든 라면이든 밀어넣어 올라오는 울음을 틀어막고
농담처럼 또 쓰윽 웃는 거다
내려가는 밥과 올라오는 눈물을 울대뼈쯤에서 충돌시킬
때마다
신의 잔인한 의지를 먹먹하게 목구멍으로 느끼는
나는 이 집안의 강한 애비다

휘파람

한번도 몸을 가진 적 없는 바람이
입술 사이에서 동그란 몸을 얻어
허리를 말고
오목한 계단을 걸어나온다
어릴 적 심심한 밤에는 뱀이 되던 소리
가늘고 길게 기어가다가
비눗방울처럼 몇 계단을 뛰어올라
통통 떨어져내리기도 한다
혀 위를 얇게 타고 올라가는 바람의 몸이
좁은 구멍에서 홀로 울다가
속눈썹이 긴 너를 처음 만났을 때처럼
처음 본 슬픔과 기쁨 사이를 떤다
울음과 떨림의 사이에 나란히 누워
입술로 몸이 된 너를 만지면
가만히
긴긴 첫 노래가 흐르기 시작한다

명태

살아 있을 동안 너는 어떤 이름으로도 살지 않았다
물결의 부드러운 허리를 물고 힘차게 지느러미를 흔들던
너는 푸른 파도였고 끝없는 바다였다
수평선 위로 튀어오르는 무명의 황홀한 빛이기도 하였고

어느날 명태,라는 이름의 언어가
너의 깊은 눈에서 바다를 몰아내고 파도인 너를 음식으
로 만들어버렸다
그후로 너의 입과 눈에서 죽음의 냄새가 진동하였다
명태라는 이름은 너의 주검을 요리하고 싶은 욕망이었던
것이다

그러고 보면
세상의 모든 호명에는 음흉한 욕심이 감추어져 있을지도
모른다
가령 누가 벗이여,라거나 사랑해,라고 말하는 것이
그 죽음을 제 입맛에 맞게 요리하고 싶다는 얘기는 아닐
는지

51

코스모스

가만가만 코스모스가 흔들린다
얇은 핏빛 꽃잎이 바람의 음성을 듣는 고막 같다

욕설과 술로 보낸 이태 식은땀 흐르고 이명이 들릴 때
사랑하는 여자의 간곡한 목소리로
다시 일어나던 날이 있었다

무능과 무책임만으로 여자를 보내지 않던 나는
세상에서 가장 뻔뻔한 사내였지만

바람을 떠나보내며 흔들리는 코스모스
햇살의 칼로 제 몸을 저며 바람을 잊지 않기 위해
세상에서 가장 얇아진 귀다
바람이 불지 않아도 바람을 듣고
흔들리지 않아도 울 것이다 코스모스

동굴도롱뇽붙이

내가 시력을 버린 것은 사랑이 눈으로 오지 않기 때문이었다. 눈으로 나눈 사랑의 가벼움이 무지개를 만들던 순간에도 잡을 수 있는 것은 아무것도 없었다. 피부의 망막에 수정처럼 고이는 어둠과 차가운 지하수를 건너 밤도 낮도 없는 암혈에 들었다. 상처 난 마음의 천장에 종유석처럼 매달린 울음과 메아리가 되어 여기저기 붙어 있는 눈물들. 발을 버리고 발의 기억이 꿈틀대는 배밀이의 시간이 용암처럼 흘러갔다. 그리움만으로 사랑하기 위해 동굴의 끝으로 왔다.

어머니

외할머니 밑에서 자란 나에게 어머니는 늘 잠깐 다녀가는 아모레 화장품 냄새였다. 누나의 동동구루무를 하얀 종이 위에 쏟아놓고 냄새를 맡으며 어머니를 생각하다가 죽도록 맞은 적도 있었다. 하굣길 고개를 들면 먼 산 능선 위로 어머니의 얼굴이 낮달처럼 솟아오르곤 했다. 달을 따겠다고 잠자리채를 들고 밤에 홀로 산에 올라갔다가 기가 죽어 내려온 날이 많았다. 늦은 밤이나 새벽에 산에서 내려오는 사람을 간첩으로 의심하던 시절이었다. 간첩은 어머니를 찾아 내려온 사람일 거라는 막연한 생각도 했던 거 같다. 성공하면 모시겠다는 외손주 편지를 손에 쥐고 외할머니가 죽은 뒤 어머니 곁으로 돌아갔지만 나는 이미 고교생 주정뱅이가 되어 있었고 주색에 빠졌으므로 달덩어리 어머니를 사랑하지 못했다. 무단결석을 자주 하였다. 돌고개 아랫논 짚가리 속에 숨어서 술을 마셨다. 아이들이 학교에서 돌아오는 시간에 맞춰 비틀거리며 기어나와 귀가했다. 서산마루 능선을 바라보면 돌아가신 외할머니만 보였다. 어머니의 아모레 화장품 냄새가 지겨울 무렵 무작정 상경하여 재수생이 되었다. 그런데 객지의 어느 쓸쓸한 날 서울역

역사 지붕 위로 어머니의 얼굴이 달처럼 솟아오르는 게 다시 보였다. 어머니는 어머니, 어머니는 언제나 어머니.

출처

바람이 제 살을 찢어 소리를 만들듯
그리운 건 다 상처에서 왔다

풀꽃 매장지

무리를 떠난 꽃 한 송이
가파른 상처에 뿌리를 대고
진다
벼랑 끝에 이르러서야 자유로웠던 삶이
선 채로 죽음을 인수하고 있다

너를 만지던 눈으로
너를 안으면
뜨겁게 살아 빨리 늙은 여름이 풀썩 안겨온다

이름 없는 이에게는
눈물이 봉분이어서
젖은 눈 속에 너를 매장한 뒤
다독다독, 조금은 울어야겠다

반달

양손에 큰 짐을 든 노인이
동요를 부르며 걷다가
간간이 뒤돌아본다
계집아이가 깡마른 사내아이를 업고
노인의 노래를 따라 걷는다
계집아이의 걸음이 느려지면
노래가 커지고
따라붙으면 작아진다
등에 업힌 사내아이를 돌아보며
계집아이도 노래를 따라 부른다
자다 깬 사내아이가
계집아이의 목을 끌어안고
노래를 옹알거린다
노래를 따라 노래가
횡단보도를 무사히 건너간 후
반달이 천천히 구름 속으로 사라진다

슬픈 탕수육

　노동자의 심장에서 끓는 '쇳물'을 주먹에 찍어 '강철 소설'을 써내던 그는 노동해방 투사이자 가장 주목받는 작가였다. 문화부 기자들이 그를 취재하기 위해 그와 몇달씩 숨바꼭질을 해야 할 정도였다. 그런 그를 큰 출판사가 주최하는 시상식 뒤풀이에서 20년 만에 보았다. 상을 탄 화사한 미니스커트 여자 곁으로 기자들이 몰려가 시시덕거리며 술잔을 부딪칠 때, 허름한 바지 쭈그러진 잠바의 그는 구석에서 혼자 고개를 숙이고 부지런히 음식을 먹고 있었다. 음식을 입에 가득 문 채 우연히 시선이 마주친 우리는 슬며시 젓가락을 내려놓고 행사장을 빠져나와 포장마차로 갔다. 형, 씨바, 살아 있었구나! 오랜 세월을 건너가 소주잔을 부딪쳤다. 그는 감격하는 나를 쳐다보지도 않고, 어느 틈에 싸왔는지 은박지에 돌돌 만 식지 않은 탕수육을 술잔 앞에 시부적시부적 꺼내놓고 있었다.

노약자석 웃음 두개

아기가 머리보다 크게 입을 벌리고 운다
목 위에, 터널처럼 뚫린 입만 보인다
몸이 빨려들어갈 것 같다
제 울음 속으로 아기가 사라지기 전에
어미는 사방을 한번 둘러보고는 얼른 젖을 물린다
어미가 아기의 입속으로 빠르게 빨려들어간다
아기의 모가지가 꿀떡꿀떡 어미를 삼킨다
꼼짝없이 먹히는 어미가 포식자를 내려다보며
웃는다
어미의 웃음까지 한참 먹어치운 아기가
먹다 남은 어미를 올려다보며
웃는다

마주침

그토록 많은 흘러가는 인연들의 혼돈 속에서
하필 너는 왔다
충격이 이전의 나를 다 흔들 때
촉수를 내밀어 맞이한 해후
눈을 떠 처음으로 빛인 시선이 생겼고
벽을 통과한 마주침으로 너는 번식되기 시작했다
전염처럼 나를 무한히 이동시키는
해후는 진행형이었고 떨리는 현재였으므로
우리는 사랑했고 사랑할 것이었다
해후의 아래에서 스멀스멀 올라오는 고요한 징후
너를 눈치채기 위하여 뜬눈으로 새운 밤들을 지나
몰랐던 네가 스며드는 건
무섭고 희한한 일이었다
소문은 빠르게 몸 전체로 퍼졌다
피부와 속살들이 밤새 수런거리며
너를 놓치지 않기 위해 아팠다

눈 오는 저녁의 느낌

하늘을 뜯어내는 듯이 눈이 내린다
저러다 얼마 남지 않은 시간이 빈집처럼 어두워지고
허공이 다 무너지겠다

대지를 밟고 오는 나무가 긴 그림자를
저녁 근처에 끌어다 놓았다
큰 산이 상체를 일으켜
검은 구멍 같은 저녁을 내려다보고 있다
어둠이 눈발 속으로 우멍하게 퍼진다

마지막 기차가 떠나고
눈발이 너를 지운 자리에 너는 돌아온다고 했는데
노래는 기울어져 여행가방처럼 앓는다

기억이 눈발 속으로 사라지고
나는 저녁 속으로 걸어가 어둑한 상처에 기댄다
빈집처럼 뜯어져내린 하늘이
우리가 없는 무거운 저녁에 닿는다

무리를 잃은 새가 붉은 심장을 할딱거리며
생각이 이르지 못하는 곳까지
눈보라 속을 날고 있다

어디만큼 왔을라나

어릴 적 어느 겨울 고함을 지르며 걷어찬 아버지의 밥상을 안고 나자빠진 어머니가 된장 뒤집어쓴 채 죽은 개처럼 끌려다니다 아이고 이봐요 한번만 봐줘요 왜 이래요 가끔 살아나 숨넘어가던 저녁이었나 형과 나는 또 아주 오래 제발 아부지요 아부지요 허우적거리다 죽을 줄 알았는데 무섭게 빛을 내며 장독을 깨던 아버지의 도끼는 달에서 계수나무를 찍던 것이었을라나 헛간 나무 그림자 속에 칼을 숨기던 형의 거친 숨소리를 따라다니던 무서운 달빛은 머리카락만 듬성듬성 남기고 냇물 속으로 끌려가던 어머니 느들은 여 있어라 가마이 있어라 가마이 형과 나는 가만히 서서 울다가 이상한 고요가 다 흘러가고 냇물처럼 꽁꽁 언 어둠이 깊어져 어머니는 언제 돌아와 아무 일 없었다는 듯 밥솥에 불을 때고 다 늦은 밥상을 다시 받은 형과 나의 숟가락에 고등어를 올려주던 아버지 품에 안겨 술 냄새 지독한 숨소리를 하나에서 열까지 헤아리다 콩닥거리는 가슴으로 취하던 그때가 밤이었나 헛간에 숨겨둔 칼이 두려워 눈치를 보다 입에 밥알을 문 채 쪼그려 잠든 형의 좁고 굽은 무릎에서 목숨의 어두운 밑바닥 같은 걸 처음으로 보았던 그

어린 날이 지금 어디를 가고 있을라나 어디만큼 왔을라나

봄날

북한산 입구, 뭉텅 잘려나간 하반신을 시커먼 고무 튜브로 감싼 채 자벌레처럼 기어오던 사내가 등산객들의 다리를 붙잡았다. 몇 사람이 바구니에 동전을 던지고 거머리를 떼어내듯 지나쳤다. 붙잡은 손을 뿌리치지 못한 여고생이 엉거주춤 서자 사내는 배밀이로 밀고 온 납작 바퀴 음악통 밑에서 휴대폰을 꺼내 무 무 문자 하 한번,이라고 했다. 왜 뚤삐뚤 눌러쓴 글씨의 구겨진 종이를 여고생에게 내밀었다. 나 혼 자 북 한 산 에 서 조 은 구 경 하 니 미 안 하 오 지 배 만 이 써 려 니 답 답 하 지 ? 지 배 가 면 우 리 가 치 놀 로 가 오 사 랑 하 오. 사내는 서늘한 눈매의 여자 사진이 붙은 예쁜 열쇠고리를 마구 흔들어 보이며 연방 누른 이의 웃음을 웃었다. 여고생은 고개를 끄덕이며 열심히 문자를 찍어주고 있었다. 북한산 입구, 봄날이었다.

* 이 글은 '주정선의 주막'이라는 인터넷 블로그의 글을 변용한 것임을 밝힌다.

꿈

달의 지평선에
지구가 뜨면
어느날
나는 거기 있을 것이다

구름

양떼가 이동하는 하늘을 보았다
몽골의 어느 길가 깊고 고요한 사람들처럼
산은
양들이 다 지나갈 때까지 엎드려 있었다

제3부

깊은

매미 소리 사계

봄
뿌리로 내려오는 세상의 소리를
빨아들이는 시간
지상으로 가기 위해 목청을 가다듬는
세계의 깊은 시작

여름
비명같이 까칠한 발로 젊은 소리를 그늘에 매달고
소리를 가열한다
투명한 날개 실핏줄을 따라 허공으로 세차게 쏟아지는
소리
마침내 숲에 소리의 냄새가 진동한다

가을
몸 안의 소리가 다 빠져나간 뒤
바람과 함께 검은 구멍마다 죽음이 차오른다
오랜 풍화가 끝나면
곱게 부서진 몸도 소리를 따라가

노래처럼 세상에 흘러다닐 것이다

겨울
세상의 소리를 끌고 뿌리로 내려간다
유전된 소리의 애벌레들이
여러 겨울을 견뎌
살아서도 죽어서도 소리는 소리

징후

바람을 감지한 거미가 서둘러 석양을 거두어들인다
모양이 바뀌지 않는 붉은 구름이
어두운 땅을 내려다보고 있다
심해어가 해변으로 올라와 떠돌고
동면에 들었던 뱀들이 무리 지어 이동한다

(오나 보다)

지평선 위로 떠나가던 한 점 그를
눈이 시도록 바라보며 눈 안에 머물게 했던 시절
눈 감아 눈 속에 함께하고 싶었던
길고양이들이 높은 나무 위로 올라가 울었고
가슴속 깊은 우물이 일렁였다

(십년)

땅 밑에서 수코끼리가 다시 울고
기차 바퀴가 어둠 속에서 굴러오는 소리가 들린다

몸속을 떠돌던 기포가 솟으며
아득히 터져나오는 탄성, 심장이 뛴다
하얗게 질린 얼굴을 흔들며 쥐들이 사라진 자리에
거센 바람이 일기 시작한다
순한 개가 사납게 짖으며 안절부절못한다

(돌아오나 보다)

몸이 힘들다

귀로 듣는 수묵화

먹물을 잔뜩 묻힌 굵은 붓이 화선지에 한일자를 쓰듯
매미들의 울음소리가 허공을 쓸며 지나간다
갑자기 시커멓게 번지는 소리를 올려다본다
귀가 젖을 만큼 먹물이 쏟아진다
방금 시작된 이쪽의 뜨거운 소리와 저쪽의 수그러드는
소리가
농담을 조절하며 수묵화를 그린다
여럿이 한꺼번에 내지르는 울음의 귀로 듣는 수묵화
아, 있는 대로 입을 벌리고
누군가를 저토록 까맣게 운 적이 내게도 있을까
여백 없는 동양화 속을 화끈거리는 귀가 걸어간다

고승(高僧)의 거처

연꽃 위
둥근 턱뼈로 고요를 꽉 문
물방울의 살갗이 탱탱하다
감정을 비운 살의 투명한 경계에서
빛이 차갑게 튕겨나간다
배꼽 아래 정신을 모으고
세계를 강하게 끌어당기는 물방울
호흡이 단전을 향해 쏟아져내린다
미동도 없이 살아 있다

깊은

물방울 같은 목탁 소리를 물고 목어가
물빛 그늘로 내려간다

풍경(風磬)이 처마 끝에 쌓아둔 바람의 경전을 읽을 때

석탑 그림자가 대웅전 쪽으로 엎드린다

극락전 뒤편 뭉게구름이 탱화를 그리고

새 한 마리 범종을 지고 맴놀이를 헤엄쳐
아스라이 탱화 속으로 들어간다

눈 감고 서서 물컹한 등에 법고의 여음을 싣는 두꺼비

제 삶의 고요를 지고 가는 이들이

깊
다

냄새

미치도록 그리워하면 몸에서 그리워하는 것들의 냄새가 난다고 말했다. 술집 주인 여자가 "그래서 고양이한테서는 생선 냄새가 나는군요"라고 대꾸했다. 유추적 사고가 발달한 똑똑한 여자라고 칭찬해주었다. 이야기를 듣던 옆 테이블 사내가 끼어들더니 자기 여자에게서는 바다 냄새가 난다고 했다. 바다를 무척 그리워하는 여자임이 틀림없으니 가까운 서해에라도 함께 다녀오라고 말했다. 사내는 씩씩 웃으며 술을 두 손으로 따라주고 갔다. 슬며시 내 손에 코를 대보았다. 돈 냄새가 났다.

영원한 시간

나는 시간의 출입구이자 거주지
나를 출입하면서 몸을 얻은 시간은
하늘도 땅도 없던 출발지의 헐벗은 나를 밀고 와서
세계의 색과 소리를 만지며 더러 행복하게 살다가
내 몸을 떠날 것이다
시간은 결국 더운 숨 가진 몸의 불안과 추위로 떨면서
물속 잉크처럼 흔적도 없이 사라지겠지만
전신에 핏줄 같은 궤적을 그리며
지금은 나를 붉게 살고 있다
시간의 한쪽에 아들이 와서 아팠고
나를 똑 닮은 딸이 돈벌이 노래를 부르며 피를 운다
혈육이 얼마나 더 먼 데까지 시간을 데리고 갈지
단지 오늘 몸 깊이 어두운 궤적을 따라 도는 피를
생이라고 말하고 싶다

君다이, 臣다이, 民다이*

제 그림자를 무릎 밑에 묶어놓고
사내는 양파 같은 눈으로 양파 앞에 앉아 있다
땡볕을 밟고 손님이 와도 가도

쪼그려 앉은 동그란 무릎으로
생계의 무더운 이쪽에서 저쪽까지 건너는 중일까

오후 내내 사내의 그림자가 조금씩 길어진다

객사한 주인의 육신을 지키는 문인석처럼 앉은 위로
해가 기울어지고
그림자가 몸을 빠져나갈 듯 제법 길어지자
사내는 불쑥 일어나 천막 등을 켠다
멀어졌던 그림자가 다시 무릎 밑에 바싹 끌려와 묶인다

사내는 오늘도 자기를 잘 지키고 있다

* 향가 「안민가」 중에서

가차 없이 아름답다

빗방울 하나가
차 앞유리에 와서 몸을 내려놓고
속도를 마감한다
심장을 유리에 대고 납작하게 떨다가
충격에서 벗어난 뱀처럼 꿈틀거리더니
목탁 같은 눈망울로
차 안을 한번 들여다보고는
어떠한 사족(蛇足)도 없이 미끄러져, 문득
사라진다

고요를 듣다

꽃 지는 고요를
다 모으면
한평생이 잠길 만하겠다

배후

덥석 물었다가 뱉은
마른 풀 같은 외할머니의 젖과
설탕물 넘어가는 목구멍에서 새어나오던 울음소리가
몸의 바닥에서 올라와 희미하게 흔들리고 있다

목숨 깊숙이 쟁여졌던 배고픔이
부유물처럼 떠오르는 밤에도 엄마는 오지 않았고
외할머니는 떨리는 손으로 개구리 같은 손주의 배만
하염없이 쓰다듬었다고 한다

지구가 태양을 마흔다섯바퀴나 돌고
파도가 해안을 천만번 때린 시간이 지나도
눈물은 기억의 바다에서 올라와
주린 눈가를 적신다
머릿속이 하얗게 비워지고 식은땀이 흐르기 시작한다
오래전 돌아가신 외할머니의 젖이
마른 풀처럼 씹힌다
기억은 내장과 근육과 뼈에 숨어 있다가

배고플 때 틀림없이 떠오른다

그러니 나는 장담한다, 내가
온몸에 번지는 눈물의 냄새로 한번도 어른이었던 적이
없음을
오로지 배고파서 울었지 사랑 때문에 운 적이 없는
그것이 늘 미안하다고, 食구들아

부녀

아르바이트 끝나고 새벽에 들어오는 아이의
추운 발소리를 듣는 애비는 잠결에
귀로 운다

물끄러미

양평동 무궁화다방 박양이 커피를 배달하기 위해 깜찍한 오토바이에 올라앉아 시동을 걸자 대정기공 공원들이 백반집에서 점심을 먹다 숟가락질을 멈춘 채, 물끄러미 바라본다 한영라사의 목 없는 마네킹이 가봉한 상의를 걸친 채, 놀이터 화장실 입구 다리가 불편한 노인이 부서진 의료용 지팡이를 짚고 선 채, 박양의 버들허리를 물끄러미 쳐다본다 시선을 받던 박양의 허리가 가늘게 흔들리더니 미끄러지듯 우아하게 물끄러미의 사이를 빠져나간다 털빛 좋은 비둘기들이 가을볕으로 날아오른다 무궁화다방 박양은 미스코리아는 아니지만 미스 양평동 정도임에는 분명하다

노래가 된 골목

백점을 맞은 것일까
책가방을 멘 아이가 붕어처럼 입을 벌리고
노래를 부르며 지나간다
골목길 벽이 아이의 노래를 받아
들썩들썩 스피커처럼 소리를 쏟아낸다
노랫소리로 환하게 채워지는 골목
관악기 구멍처럼 운다
정신없이 모이를 쪼아 먹던
비둘기 몇마리 까만 음표로 날아오르고
목청껏 노래를 입에 문 아이가
걸어가고 있다
골목 끝에 목련나무가 하얀 봉을 잡고 흔들흔들
지휘를 하고 있는 걸 나중에야 알았지만
아이의 목구멍처럼 바알갛게 달아오르는 골목
아이의 노랫소리를 따라
담장 아래 새로 나온 풀들이 허리를 흔들고
봄날 한쪽에
아직은 이런 쩌렁쩌렁한 어린 노래의 골목이 있으니

돌연한 빛

그러므로 풍경은 내 속에서 자기를 사유하고 있는 것이며
나 자신은 풍경의 의식이다. — 뽈 쎄잔느

한번도 본 적 없는 긴 터널 앞에 섰을 때
빛을 향해 터진 터널의 일부가 된다는 느낌
터널이 몸 안으로 걸어들어와
다시 자신을 돌아보고 있다는 감각
풍경 속으로 몸 전체가 기울어지는 것일까
내가 풍경을 바라보는 것이 아니라
풍경이 나를 의식하고 있다는 쎄잔느의 독백처럼
고독을 넘어 실재를 만난다는 것은
낯선 터널 앞이 아니더라도
생의 오래된 길목에서 떠오르는 돌연한 빛
젖은 눈으로 풍경을 쓰다듬으면
눈은 풍경이 고이는 웅덩이
시신경을 지나 늑막으로 내려왔던 물소리가
발목에 촉촉하다
몸 안에 기다란 터널이 뚫리고 있는 것일까

오랜 동거

눈이 너의 따스한 피부를 만진다
눈을 통해 너의 까슬까슬한 슬픔과
아득한 넓이를 감각한다
너를 본 감각들은 고스란히 몸에 쌓여
몸이 움직일 때마다 달그락거리기도 하고
출렁거리기도 한다
너를 생각한다는 것은 내가 길을 걸을 때
몸 안의 네가 소리를 내며 흔들린다는 것이다
너는 어쩔 수 없이 눈으로 들어와
갈데없이 내가 된 감각
습관화된 나다
이것은 집착이 아니라 몸이 이룩한 사실이다
너는 사라질 수도 떠날 수도 없다

딸

　무서운 속도로 성장했다. 하룻밤 사이에 어른이 되었다. 자고 일어났더니 아이였던 딸은 화장을 하고 짧은 치마를 입고 하이힐을 신은 여자가 되어 있었다. 주말에는 주로 외박을 했고 설거지를 하지 않기 위해 밥을 굶었다. 고속성장의 그늘에서 내가 잠만 잤던 모양이다. 딸이 어디서 딸을 낳아올지도 모른다는 생각까지 했다. 딸이 딸을 낳아보면 애비 맘 알려나 해서 고속성장이 좀 고소하기도 했다. 울음과 웃음 사이의 쓸쓸함을 모르고 극과 극에서만 놀았다. 결국 연극영화과에 합격했지만 밀린 학원비 내달라고 화를 내고 말대꾸할 때 기회를 잡은 나는 딸을 때리며 집 망한 사실을 고백하다 울었다. 눈물을 본 딸은 이튿날 바로 다시 아이가 되었다. 아빠 정말 죄송해요,라는 쪽지를 써놓고 나가서 아르바이트를 시작했고 바지를 입고 다녔다. 하이힐을 버리고 운동화를 신고 새벽까지 일했다. 돈이 없는 불쌍한 아이다. 차라리 화장을 한 어른이었을 때가 좋았다는 생각도 들었다. 우리 집 설거지 문제가 해결된 것도, 딸이 아이가 된 것도 기쁜 일만은 아니었다.

소금이 온다

소래 갯골 폐염전에 남아 있는 소금은
평생 뭍을 그리워한 바다의 유언이다
북서풍이 말려놓은 문장 속에는
턱뼈를 꽉 물고
떨리는 손목으로 써내려간 각진 어휘들
천년을 뒤척이다 뭍에 오른
지조 높은 고독의 결정체가 보인다
부패한 시속을 염장하던 폐염전에
서해의 유지를 받든 염부의 가래질과
순장된 햇살들
지금도 북서풍을 가로질러 무너진 토판 위로
유언은 서해에서 하얗게 문장으로 온다
죽어도 못 잊겠다는 그 말

라면땅 인생

상국이는 라면땅을 사서 동무들에게 딱 한 올씩만 입에 손수 넣어주었다. 무료급식소의 노숙자들처럼 우린 길게 줄을 선 채 짧디짧은 라면땅 한 올에 목숨을 걸었다. 제비 새끼처럼 더 크게 입 벌린 아이가 두 올을 받아먹은 적도 있었지만 입이 작은 나는 늘 한 올이었다. 나는 엄마한테 사달라칼 끼다,며 줄에서 이탈하려는 아이 중에 세 올이 붙은 덩어리를 얻어먹은 아이도 있었다. 눈치 빠른 내가 내도 엄마한테 사달라칼 끼다,고 똑같이 중얼거렸을 때 상국이는 그래애? 그럼 니는 엄마한테 사달라카라,며 나를 줄에서 빼버렸다. 홀로 뜨거운 여름 해를 지고 엄마도 없는 집으로 돌아온 그때부터 거울을 보며 입 벌리기를 열심히 연습했던 나. 기나긴 라면땅을 만나 라면땅으로 옷을 만들고 자동차를 만들고 무지개를 만들어 흥건하게 오줌 싸도록 배불리 놀았는데 깨어보니 꿈이었다. 인생이 무상했다. 줄도 서지 않던 희숙이가 왜 상국이의 뭉쳐진 라면땅 덩어리와 별사탕을 먹을 수 있었는지 고민하며 세월은 흘렀고 입 큰 어른이 된 뒤에도 거울 앞에만 서면 인생을 아, 아, 벌려보곤 하였다. 아,

91

한소식

나의 귀는
간신히 수화기를 넘어오는 아픈 너의
가녀린 목소리를 쓰다듬는다
움푹 파인 눈과 붉은 이마를 짚어본다
응답을 들은 적 없이 오랜 결핍에 누워 있다가
홀로 눈가로 가서 천천히 흘러나오는
식은 눈물 같은 목소리와
야윈 손목을 귀는 귀 기울여 잡아본다

라디오 한대와 나란히 누워 풍화되고 있다는
농담처럼 남은 목숨을 짚어
목소리에 묻어오는 허리를 안아본다
새처럼 가벼워지는 몸 암이 날개처럼 자란다
너는 스스로 너를 허공에 뿌리고 있다
허옇게 말라붙어 죽은 지렁이 같은 입술
가문 땅처럼 갈라지는 등

전화기 너머

부고와 함께 떠나는 너의 하늘을 향해
나는 귀로 이승의 끝에서 까치발을 한다
너 떠난 허공에 비가 내린다
한 생이 와서 죄 없이 살다가 돌아간다고
귀가 젖는다

제4부

수축된 우주

아버지로 이 별에 와서

우주의 허공에 매장된 사건들은
빛의 속도로 발굴된다
수억년을 건너 과거가
불현듯 망막에 맺힐 때 초신성은 온다
모빌을 보고 눈 뜨는 아기처럼
눈 큰 짐승이 고개를 든다
지평선은 머리 위로 태양을 띄우는데
어둠을 밟고 별들이 와서
벌레처럼 많은 목숨으로 내 안에 꼼지락거린다
가장 간지러운 신경은 동공이 되어
우주의 먼 과거를 흡착한다
그러니까 나는 수억년 묵은 우주
가벼운 현재가 아니다
몸의 길목에 우두커니 서서
길을 잃고 빙하기처럼 경화되는 피가
내일을 미처 다 살지 못해도
구석구석 신성의 잔해는 움튼다
몸에서 빠져나가 버짐처럼 피어난 자식들과

눈물 한 방울이
수억년과 맞먹는 영광으로 살아야 하는
나는 태양의 위성에 아버지로 왔다
목숨 깊이 매장된 사건들이 살을 뚫고
한숨의 속도로 융기될 때
뜨거운 생은 만져진다

숲

투명한 잎맥을 따라 잎잎이 푸른 뼈가 서 있다
등골이 시릴 만큼 푸른 피가 출렁이는 숲 속에 앉아
숲의 숨소리를 들었다
키 큰 나무들이 하늘을 향해 기다란 손을 내밀어
햇살을 잡아당긴다
나무의 웃음소리에 우듬지가 흔들릴 때
푸른 잎맥을 따라 번지던 숲의 피는
눈과 심장과 말까지 푸르게 하였다
우리들 입에서는 푸른 단어들이 낭자했다
이 숲의 푸른 짐승들은 여름을 뜨겁게 살다가
죽어 바람이 되었을 것이다
천년 전의 바람이 아직도 숲을 떠나지 않고
투명한 잎맥 속을 뛰어다닌다
이 숲의 푸른 새소리는 죽어 숲의 뿌리로 가서
긴 겨울을 지냈을 것이다
물관부를 따라 나뭇가지 끝으로 올라가
푸른 잎으로 매달린다
바람이 불면 나뭇잎들이 푸른 새소리를 내는 이유였다

우리가 숲에서 죽으면 자정이 지나도
집으로 돌아가지 않아도 되겠다
우듬지에 바람처럼 흔들리다가
푸른 피의 숲으로 천년을 살아도 되겠다
십만년 전 어느 원시인 부부가
푸른 짐승을 쫓다가 잠든 곳에서
또 잠들어도 좋겠다
그러면 우리는 십만년 뒤에
새소리나 바람 소리로 잎잎이 피어날 것이다

잠자리

지고 온 삶을 내려놓고
흔들리는 끝으로 간다
날개를 접으면
불안의 꼭대기에도 앉을 만하다
어떤 것의 끝에 이르는 것은 결국
혼자다
허술한 생계의 막바지에
목숨의 진동을 붙들고
눈을 감는다
돌이킬 수 없는 높이를 한참 울다가
죽고 사는 일 다 허공이 된다

엄마

옛날부터 우리 엄마는 나보다 나이가 많았다
나도 이제 꽤 나이 들었다 생각하며 찾아갔는데
홀로 사는 엄마는 어느새 또 나보다 나이가 많아 있었다
흰머리 이고 저만큼 가신 당신을
서둘러 따라가 동무해주지 못하는 그것이 오늘 슬펐다

아모레 화장품을 기억하십니까

창문으로 들어온 책가방만 한 햇살을 만지며 혼자 논 적이 많았습니다. 배가 고팠던 형은 뭐라도 먹어야겠기에 아이들을 데리고 학교 운동장으로 가 땅따먹기 놀이를 하였고 일당벌이 외할머니는 부곡시장으로 고추 꼭지를 따러 가서 오지 않았습니다. 햇살을 과자인 듯 조몰락거리며 외할머니를 기다리던 나는 꿈속에서 가끔 고향의 어머니를 만났더랬습니다. 그런 날엔 햇살과 함께 일어나 고무신 두 량으로 칙칙폭폭 칙칙폭폭 고향 가는 기차놀이를 하였지요. 고개를 잔뜩 숙이고 기차를 밀던 내가 주인 여자의 아모레 화장품 냄새를 따라간 날이 있었습니다. 아득한 추억속 아모레는 어머니의 냄새였으므로 어린 후각의 기억이 주인 여자를 졸졸 따라 기차를 몰았었지요. 여자는 부엌 앞에서 머리를 쓰다듬어주며 돌아가라고 했지만 기차는 돌아가지 않고 빽빽 기적을 울렸습니다. 부엌문을 닫고 저녁을 만들던 나의 주인 여자는 부엌으로 난 방문으로 사라져 나를 빼놓고 주인 남자와 저녁을 먹었습니다. 햇살도 떠난 기차간에 어둠을 잔뜩 싣고 힘없이 돌아와야 했는데 그후로 나는 아모레 화장품 냄새가 나는 여자만 지나가면 코를 킁

쿵거리며 몇 걸음 따라 걷는 버릇이 생겼습니다. 결혼을 하고도 집에 들어가지 않은 날은 대부분 아모레 냄새가 나는 다른 여자를 따라간 날들이었습니다.

칸

헐벗은 초원이 기른 고독이
음악처럼 흘러간다
붉은 하늘이 곤두박질치고
야만이 깊은 땅을 흔들 때
지평선은 한 줌으로 접혀
칸의 말발굽 아래 엎드린다
모든 곳이 출발지이고 도착지이다
머무는 데서부터 시간은 시작되고
초원의 무늬가 새겨진 몸의 지도를 따라
고독의 중심은 도처에 있다
마음이 가지 않는 어디에도
애마는 가지 못하지만 마음이 간다면
천산 만년설을 넘고
물 한모금으로 키질쿰 사막을 건넌다
별과 함께 이동하는 칸의 외침으로
길은 지워지면서 생기고
사라진 시간은 회전하는 새벽하늘에
둥글게 떠오른다

외로움이 인간의 길을 확장하여
대제국에 이를 때
칸의 길은 가장 낮은 곳으로
가장 낯선 곳에 이른다
유목의 검은 피가 물든
제국의 길목마다 피고 진 야만의 문명
칸은 지평선에서 태어나
흙먼지를 일으키며 대평원의 지평선으로 간다
칸을 찾지 마라 칸은
끝없이 끝없이 우리 생의 지평선일 뿐이다

노숙

공원 나무탁자 위에 버려진 캔을
사내의 팔꿈치가
슬며시, 넘어지지 않게 밀어본다
묵직하다
옆 사람을 힐끗 쳐다본 사내는
낚아채듯 캔을 들어
먹이 문 길고양이처럼 재빨리 자리를 옮긴다
나무그늘 아래서 목을 뒤로 활짝 젖히고
시커멓게 열린 목구멍 안으로 캔을 기울이자
남은 음료가 질금질금 쏟아진다
울대뼈가 몇번 꿈틀거린 후
길게 내민 허연 혓바닥 위로
캔 속의 마지막 한 방울이 뚝, 떨어진다
빈 캔의 둘레를 핥으며
자리로 돌아온 사내의 때 묻은 팔꿈치가
얌전한 고양이처럼 탁자 위에 앉아
다시 사방을 두리번거린다

양말 여섯켤레

한주일의 고달팠던 발들이 널려 있다
발들이 걸어왔던 눅눅한 길을 햇살이 어루만져주고 있다
월요일에는 저 가운데 하나가
뽀송뽀송한 몸으로
주인을 따라 길을 나설 것이다

호모 싸피엔스 싸피엔스

영혼은 빛보다 빠른 속도로
그리운 곳으로 간다

세계는 꼼짝없이 그리움의 안이다

한 점

비 묻은 먼 구름 속으로
점 하나 날아간다
한 생을 온전히 지고 가는 새

젖었으리라

누가 있다
재개발지구 2

바람도 큰길까지만 와서 멈춘다
버리고 간 세간들 기억하기 싫은 상처에서
고름 같은 꽃이 피고
비명을 지르다 제풀에 지친 풀이
무너진 벽 틈에 파랗게 질려 있을 뿐이다
가끔 순찰차가 상여처럼
마을을 돌다 큰길로 떠난다
퇴근 시간이면
어미 곁을 떠나지 못한 늙은 자식 몇
까만 비닐봉지를 들고 와서
뱀처럼 꼬리만 보이고 사라지는 골목길
잊을 만하면 나타나는 비행기는
청력을 잃은 사람에게 대놓고
욕설을 퍼붓듯 굉음을 지르고 달아난다
기침을 하며 아이스크림을 빨고 있는 외톨이의
사시가 된 허연 눈동자와
지붕을 덮은 풀이 허공을 본다
버려진 소파에 밤마다 누구의 옛 추억이 와서 쉬는지

엉덩이 자국이 선명하다.

천장(天葬)

제 몫을 다하고 돌아온 사람의 뼈와
짓이겨진 살을 물고 독수리가 하늘을 난다

바람의 사원에 누웠다가
독수리의 내장을 지나 분진처럼 소화된 사람은
전생보다 멀리 날개를 편다
독수리의 눈을 빌려 바람을 타고
가장 깊은 하늘 적멸에 이른다

인육을 먹은 검은 독수리 한마리가
천장터를 날아올라 설산을 넘는다

생전 못 가본 곳에 영혼을 풀어주기 위해

슬픈 속도

길고양이가 차도를 빠르게 건너가서
놓치고 온 제 그림자를 물끄러미 돌아본다
그림자가 뒤따라 건넌다
길을 건넌 길고양이가 훌쩍 담벼락 위로 올라가
망설이고 있는 바닥의 제 그림자를 한참 내려다본다
그러고는
밧줄처럼 긴 눈빛을 내려 그림자를 끌어올리더니
주섬주섬 먼 어둠 속으로 사라진다

내 청춘이

수축된 우주

나의 고대(古代)는 빛이었다
거대한 번개와 함께 흩어진 기억들이
우주의 깜깜한 하늘에서 달려와
한 지점으로 수축될 때 나는 탄생하였다
나는 조립이 아니라 뜨거운 체온으로
꽃처럼 피어난 살이다

고대의 세속에서 나는
가녀린 박동이었다
피부가 느끼는 것보다 빨리 육신이 된 시간과
내부로 이동하는 물질의 소리들이 모여
입을 열고 말이 흐르기 시작했다
심장의 한가운데서 솟아오른 말은
나보다 일찍 죽은 아버지의 썩은 살에
물이 고이고 풀이 자라듯 거침없이 문장이 되었다

눈물이 비처럼 내리고
시간의 지배자가 시간의 밖에서

흐르는 빛을 오해할 때
나는 시간과 함께
목숨의 영원한 끝으로 가고 있었다
닥쳐온 겨울은 길었고 문장은
꽃가루와 함께 발굴되기 위해 퇴적되었다

나의 고대는 내 속으로 사라진 빛
나로부터 멀어져 내게로 온 먼 시간에서
한 지점으로 수축된 우주다
나는 날마다 내 속에서 태초를 발굴한다

폐허의 노래

덩굴은 바람의 손
죽은 자가 깨어나 벽을 더듬고 있다

버려진 개들이 떠나지 못한 영혼처럼 남아
골목을 서성거리고
부서진 벽 녹슨 철근들은
핏물 빠진 핏줄처럼 튀어나와
바람의 방향으로 끌려가고 있다

깨진 창문이 밤낮 주인 없는 빈방을 들여다보는 곳
건드리기만 해도 울음이 쏟아질 듯 기울어진 지붕 아래
중력을 이기기 못한 영혼이
천장에서 쏟아져 합판을 잡고 펄럭거린다

발목을 잃어버린 신발과
갈라진 벽 틈으로 들어온 손수건만 한 햇살이
어두운 방을 걸어다닌다

몸을 살다 간 시간들은 몸을 나가 돌아오지 않고
등때기를 타고 오르는 푸른 과거
안구 밖으로 흘러내린 영혼과 함께
폐허에서 바람은 제 안을 서성거린다
흙먼지를 묻힌 바람의 손가락이
유리창에 가늘게 지문을 남기고 있다

폐허, 바람과 달빛이 다녀가는 몸

혼자 우는

김진숙

고공의 깜깜한 밤을 향해
기다려도 새벽은 오지 않았다
사랑하는 사람이 돌아오지 못한다는 걸 알고서야
식은땀처럼 흐르던 눈물
사람의 눈과 귀는 다 막혀서
신의 귀청에 전할 말을 이고
이승의 꼭대기에 올랐다

차가운 바람이 주검처럼 너풀대는 곳
서 있기만 해도
반평생 용접공의 불똥
빵꾸 난 몸 구멍마다 고름처럼 피리 소리가 새어나오는 곳
사는 것이 얼마나 힘들었으면
목매달아 죽은 시신의 얼굴이 편안했던 곳
죽은 자와 산 자가 연대하는
목숨의 바닥이자 고공인 크레인에서
인간의 궁극을 운다
목매달아 죽은 노동자의 밧줄에 걸린 유언을 움켜잡고

언 몸으로
함께 살겠다고

그렇다면 우리는 모두 고공이다
목숨의 꼭대기에 매달려 지상을 내려다보며
발을 헛디디지 않기 위해 울고 있는 크레인이다

김진숙
이기고 돌아오시라
어느날 당신을 처음 본, 죄 많은 한 남자가
느닷없이 핑 도는 비겁한 눈물로
생의 또다른 고공에 매달려 평범하게 말한다
김진숙
살아서 뚜벅뚜벅 내려오시라

동종

무쇠 같은 어둠을 때려

멍멍하게 피멍이 운다

아랫도리가 벗겨진 채 시퍼렇게 언 맨살로

울음을 하혈한다

이마로 밤의 정면을 들이받으며 울음이 간다

먼 곳까지 온통 울려놓고

너는

허공의 이쪽에서 조용히 목을 맨다

4월

목련이 바람을 끌어와
제 목을 치고 있다
골목마다 절명시가 낭자하다

봄날이 목숨 같다

가족의 시작

여자가 아기의 말랑한 뼈와 살을 통째로 안고
산후조리원 정문을 나온다 아직
아기의 호흡이 여자의 더운 숨에 그대로 붙어 있다
빈틈없는 둘 사이에 끼어든 사내가
검지로 아기의 손을 조심스럽게 건드려본다
아기의 잠든 손이 사내의 굵은 손가락을
가만히 움켜쥔다

새롭게 쓴 시인의 진화론
김동원

1

　루카치는 말했다. "별이 빛나는 하늘을 보고 가야 할 길의 지도를 읽을 수 있던 시대는 얼마나 행복했던가"라고. 그 행복했던 시절, 밤하늘의 별은 우리가 가야 할 길의 방향이자 우리의 삶이 투영된 무한한 이야기의 공간이었다. 그 시절엔 철마다 자리를 바꾸는 별들의 한가운데에 별 하나가 붙박여 하늘의 중심을 잡아주었다. 바로 북극성이다. 북극성을 중심으로 어지럽게 흩어져 있던 별들은 그중에서 몇개를 엮어 북두칠성과 같은 별자리를 이루었고 별자리는 곧 우리의 이야기가 되곤 했다.

　그렇다면 혹 한편의 시를 북극성처럼 밤하늘에 걸어놓은 뒤, 여기저기 흩뿌려진 별을 올려다보듯 시를 읽고, 그것으로 방향을 짚어내거나 시인이 그려낸 별자리를 찾아내며 밤길을 가는 것도 가능할까. 나는 김주대의 시집『그리움의 넓이』를 그렇게 읽어보려 한다. 나는 시집 속의 시들이 어떤 일목요연한 흐름을 이루며 줄을 서 있는 것이 아니라 밤하늘의 별처럼 시집 속에 어지럽게 흩어져 있다는 인상을 받았다. 그런 연유로 나는 한편의 시를 골라 그의 시가 이끌어줄 내 걸음의 방향을 묻기로 했으며, 그 시가 일러주는 대로 길을 갈 것이다.

2

내가 밤하늘의 한가운데에 걸어 북극성으로 삼은 시는 「시간의 사건」이다. 「시간의 사건」은 시집의 첫머리에 걸려 있다. 북극성으로 북쪽의 위치를 점치고 그것으로 방향을 가늠하듯 나는 「시간의 사건」의 첫 구절을 읽어 내가 가야 할 방향을 묻는다.

우주는 지구를 저질러놓고
용암 같은 점액질의 시간을 흘려보냈다
육신을 만난 시간이 뼛속에 나이테를 새겨
뜨겁고 촘촘히 과거를 감아놓았다
——「시간의 사건」 부분

김주대는 우주가 "지구를 저질러놓"은 뒤 "점액질의 시간"이 흘렀다고 했다. '저지르다'라는 말은 계획된 치밀한 행동이 아니라 의도하지 않은 충동적 행동을 가리킨다. 저지른 일의 결과는 거의 실수에 가깝다. 시인의 눈에 지구는 의도하지 않은 사건의 결과이다. 지구에 흐른 시간과 그 시간이 축적되며 이룩된 역사를 모종의 합리적이고 치밀한 계획 아래 이루어진 것으로 받아들이기 어려운 탓이었을 것이다.

그리고 그곳을 흘러간 시간은 "점액질의 시간"이다. 점액질의 시간은 끈적끈적할 것이다. 끈적끈적한 시간은 과거와 현재가 끊어지지 않고 이어진다. 과거는 현재에 영향을 미치고, 현재는 또 미래에 영향을 미친다. 시인은 그 시간이 시인의 육신을 만나 "뼛속에 나이테를 새겨/뜨겁고 촘촘히 과거를 감아놓았다"고 말한다. 언뜻 느끼기엔 과거가 그에게 속박의 시간이 되었다는 느낌이다.

과연 어떤 과거가 그의 몸에 새겨져 속박이 된 것일까. 나는 「시간의 사건」의 첫 부분을 읽으면서 속박이 된 시인의 과거로 가보아야겠다는 생각을 했다. 내가 가장 먼저 가야 할 길을 밝혀준 북극성의 빛은 시인의 과거로 향해 있었다.

시인의 과거로 가자 가장 가까이 그의 어머니 이야기가 있었다. 그러나 어머니는 보이질 않는다. 그는 고백하고 있다.

외할머니 밑에서 자란 나에게 어머니는 늘 잠깐 다녀
가는 아모레 화장품 냄새였다. 누나의 동동구루무를 하
얀 종이 위에 쏟아놓고 냄새를 맡으며 어머니를 생각하
다가 죽도록 맞은 적도 있었다.

——「어머니」부분

시인에게 어머니는 결핍의 존재였다. 존재가 결핍이 되
자 시인은 그 결핍의 자리를 어머니의 화장품 냄새로 메우
려 한다.

햇살을 과자인 듯 조몰락거리며 외할머니를 기다리던
나는 꿈속에서 가끔 고향의 어머니를 만났다랬습니다.
그런 날엔 햇살과 함께 일어나 고무신 두량으로 칙칙폭
폭 칙칙폭폭 고향 가는 기차놀이를 하였지요. 고개를 잔
뜩 숙이고 기차를 밀던 내가 주인 여자의 아모레 화장품
냄새를 따라간 날이 있었습니다. 아득한 추억 속 아모레
는 어머니의 냄새였으므로 어린 후각의 기억이 주인 여
자를 졸졸 따라 기차를 몰았었지요.

——「아모레 화장품을 기억하십니까」부분

그 결핍은 시인이 성인이 된 뒤에도 계속 결핍으로 남아

그는 "그후로 나는 아모레 화장품 냄새가 나는 여자만 지나가면 코를 킁킁거리며 몇 걸음 따라 걷는 버릇이 생겼"으며, "결혼을 하고도 집에 들어가지 않은 날은 대부분 아모레 냄새가 나는 다른 여자를 따라간 날들이었"다고 말하고 있다.

어느 것이 더 늦고 이른지는 알 수 없으나 그의 과거엔 어머니와 아버지, 그리고 형이 모두 한집에 살던 시절도 있었음을 엿볼 수 있다. 그러나 그때의 풍경은 그다지 평온해 보이질 않는다. "어릴 적 어느 겨울"로 기억되는 그날로 돌아가보면 아버지가 고함을 지르며 걷어찬 밥상이 나뒹굴고 있고, 어머니는 "죽은 개처럼 끌려다니"며 "아이고 이봐요 한번만 봐줘요 왜 이래요" 하며 애원하고 있다. 그 기억 속의 장면을 계속 들여다보면 아버지는 "무섭게 빛을 내"던 도끼를 들어 장독을 두들겨 부수고 있으며, 형은 "거친 숨소리를" 몰아쉬며 "헛간 나무 그림자 속에 칼을 숨기"고 있다. 시인은 그 "어린 날"을 가리켜 "목숨의 어두운 밑바닥 같은 걸 처음으로 보았던"(「어디만큼 왔을라나」) 날이었다고 적어놓고 있다.

또 그의 어린 날을 들여다보면 작은 권력 앞에 줄을 서서 맛보았던 비애의 순간도 있다. 상국이의 라면땅에서 나오는 그 작은 권력은 아이들을 "무료급식소의 노숙자들처럼" 길게 줄 세우고 "짧디 짧은 라면땅 한 올에 목숨을 걸"(「라면땅 인생」)게 만든다. 어머니는 곁에 없었으며 집안은 가난한 데다가 단란하지도 못했다. 그의 과거엔 많은 것이 결핍되어 있었다.

그 결핍은 이제 해소가 된 것일까? 나는 문득 시인의 오늘이 궁금해진다. 오늘은 시간이 지나면 미래의 과거가 될 것이다. 시인의 오늘은 과연 어떠한가.

오늘로 옮겨오자 어머니의 결핍을 앓으며 성장했던 시인은 아버지가 되어 있다. 가난한 집안의 아들로 자란 그가 이제는 가난한 아버지가 되어 있고, 그 아버지의 딸은 아르바이트를 하며 새벽까지 일을 한다. 그러나 가난이 그의 것만은 아니다. 가난으로 인한 빈궁한 삶은 시인의 집안뿐만 아니라 도처에서 눈에 띈다.

"무릎이 많이도 튀어나온 때에 쩐 바지의 사내가" "시장 입구"에서 "버려진 사과 앞에 멈추어" 서 있을 때 우리는 그에게서 가난한 삶이 바닥으로 몰렸을 때의 모습을 접한다.

산발한 머리를 들어 사방을 한번 둘러보더니
발가락이 삐져나온 시커먼 운동화 발로 슬쩍슬쩍 사과를 굴려
구석으로 몰고 간다

　　　　　　　　　　　　　　　　　—「한 끼」 부분

그것이 사내의 한 끼였다. 그런 노숙자의 삶은 또다른 사내에게서도 엿보인다. 이번의 사내는 누군가 버리고 간 "공원 나무탁자 위"의 캔을 팔꿈치로 슬며시 밀어서 "묵직"한 무게를 확인해보더니 "낚아채듯 캔을 들어／먹이 문 길고양이처럼 재빨리 자리를 옮"겨서 그것을 입에 털어넣는다.

> 나무그늘 아래서 목을 뒤로 활짝 젖히고
> 시커멓게 열린 목구멍 안으로 캔을 기울이자
> 남은 음료가 질금질금 쏟아진다
> 옹대뼈가 몇번 꿈틀거린 후
> 길게 내민 허연 혓바닥 위로
> 캔 속의 마지막 한 방울이 똑, 떨어진다
>
> ―「노숙」 부분

빈궁한 삶이 노숙의 처지에 내몰린 사람들만의 몫은 아니다. 한때의 "노동해방 투사이자 가장 주목받던 작가"를 "큰 출판사가 주최하는 시상식 뒤풀이에서 20년 만에" 만난 자리에서도 빈궁한 삶은 눈에 띈다. 둘이 "행사장을 빠져나와 포장마차"에서 "소주잔을 부딪"칠 때 우리는 그들의 빈궁한 현재를 볼 수 있다.

그는 감격하는 나를 쳐다보지도 않고, 어느 틈에 싸왔

는지 은박지에 돌돌 만 식지 않은 탕수육을 술잔 앞에 시
부적시부적 꺼내놓고 있었다.

—「슬픈 탕수육」부분

궁핍하고 가난한 삶은 시인에게 눈물이자 슬픔의 동의어
이다. 그 슬픔이 가장 진하게 전해지는 것은 그가 딸에 대
해 이야기할 때이다. "시급 오천원짜리" 아르바이트를 하
는 딸만 생각하면 "진열장 속 비싼 음식 모형"만 보아도 아
버지로서의 시인은 눈물이 나고, 그의 "몸에는 어느새 눈물
냄새가 번진다"(「먹먹한」). 아르바이트를 하는 아이는 이제
시인의 슬픔이 된다.

아르바이트 끝나고 새벽에 들어오는 아이의
추운 발소리를 듣는 애비는 잠결에
귀로 운다

—「부녀」전문

그렇다면 왜 슬픈 것일까. 가난하고 궁핍한 삶이란 정말
슬픈 것일까. 김주대에게 가난하고 빈궁한 삶이 서글픈 것
은 그러한 삶이 본질적으로 슬픔을 피할 수 없기 때문이 아
니라 그가 자본주의사회에서 살고 있기 때문이다. 자본주
의 세상은 돈으로 존재 가치를 재단하려 든다. 돈이 없다는

이유로 존재가 삶의 밑바닥으로 내몰릴 때 우리는 슬프지 않을 수 없다. 그것이 시인이 가난한 삶 앞에서 슬퍼지는 연유이다. 시인은 그런 삶을 어떤 언어로도 미화할 수 없다는 것을 잘 알고 있다.

눈물은 돈이 없다는 데에서 오는 것이 아니라 돈이 없다는 이유로 존재 가치가 지워지는 세상에 대한 분노와 그 분노에도 어찌할 수 없는 서글픔에서 온다. 눈물은 그런 세상에 대한 김주대의 가장 소극적 저항이기도 하다. 눈물이 소극적이나마 저항이 되는 것은 눈물로 그곳에서의 삶을 견디고 있기 때문이다.

김주대에게 눈물은 밖을 견디는 힘이다. 시인은 철근콘크리트 벽에 붉게 흘러내린 녹 자국을 보면서 "소처럼 서서 빗속에 붉게 운다"고 말한다. 그 자국이 시인의 눈에는 "밖을 견"디면서 "안을 지"켜낸 눈물의 흔적이다. 그 눈물 덕분에 "안은 무사하다"(「철근콘크리트 벽」).

그러나 눈물로는 가치를 손상당한 존재의 결핍을 위로하며 시간을 견뎌갈 수는 있어도 그것으로 결핍을 근본적으로 치료할 수는 없다. 때문에 마냥 울고 있을 수만은 없다. 무언가 능동적이고 적극적인 대응이 필요하다. 그것은 아마도 돈과 관계없이 우리의 존재 가치를 다시 세우는 일이 될 것이다. 그것은 어떻게 이루어질 수 있는 것일까.

김주대에게 그 방법은 우리의, 나의 과거로 거슬러오르

는 것이다. 사실 나는 처음에 북극성의 빛을 살필 때 그 빛이 가리키는 방향을 시인의 과거로 가라는 것으로 해석했다. 그러나 시인의 과거로 떠난 나의 행보는 시인의 어머니와 어린 시절이라는 가까운 과거에서 잠시 멈추었다가 미래의 과거가 될 현재로 돌아오고 말았다. 그리고 가까운 과거와 미래의 과거가 될 현재에선 현재와 미래를 속박하고 있는 과거를 보았다. 북극성의 빛은 그런 나에게 이제 가까운 과거와 내가 현재라는 이름으로 살펴보던 미래의 과거로부터 더 먼 과거로 걸음을 옮겨보라고 말한다. 그것은 시인이 앞서 걸으며 나를 이끈 길이기도 하다.

그렇게 하여 더 먼 과거로 거슬러오르자 그곳에서 뜨겁게 사랑을 나누고 있는 시인의 어머니와 아버지를 만나게 된다. 시인은 그 자리에서 멈추지 않고 아버지가 빨아 먹던 할머니의 젖, 그 할머니가 먹던 미역국, 그 미역을 키운 바다에 이른다. 그리고 결국은 그 "바다를 쏟아낸 하늘"에 이르고야 만다.

아버지의 정자는 갈기를 달고 사자처럼 달렸다
나의 시작은
소용돌이치는 어머니의 열기 속으로
아버지가 맹렬히 뛰어들 때부터이다
아니, 나의 시작은

132

아버지가 어머니의 벌거벗은 곡선 위에서
꼬리뼈를 흔들며 정자를 태동시키던 때부터이다
아니, 정자 이전 수유기의 아버지가
할머니 유두에 입을 대던 그 따스했던 처음부터
할머니의 젖과, 젖을 돌게 한 펄펄 끓던 미역국부터
미역부터가 나의 시작이다
아니, 더 거슬러올라가 나는 물을 잡고 울던 해저
미역을 밀어올린 바다이기도 하지만
천둥과 시퍼런 폭우로
일렁이는 바다를 쏟아낸 하늘이 나의 진짜 시작이다
　　　　　　　　　　　—「인내천(人乃天)」 부분

　아득한 과거로 거슬러오르자 그 세상에선 사람이 곧 하늘이 된다. 어떤 결핍을 가진 사람도, 아무리 가난한 사람도 그곳에선 모두가 하늘이다.

　나는 이제 다시 북극성을 쳐다보며 지금까지 내가 읽어온 시의 길이 맞는지를 확인해야 할 순간이라고 느낀다. 처음에 북극성의 빛은 나에게 시인의 과거로 가보라고 했다. 시인의 뼛속에 새겨진 과거는 결핍의 과거였으며, 사람들을 삶의 밑바닥으로 밀어넣는 속박의 과거였다. 과거를 더욱 가까이 거슬러오를 때, 다시 말하여 곧 과거가 될 현재를 맴돌 때, 그 가까운 과거는 모두 속박이었다.

그러나 시인은 그 시간을 계속 거슬러올라 하늘을 "나의 시작"으로 삼기에 이른다. 아마도 시인은 더욱 거슬러올라 우주가 시작되던 순간에 이르렀으리라. 바로 그 순간 자본주의 세상에서 존재 가치를 박탈당한 사람들이 모두 하늘이요, 우주가 되는 놀라운 사건이 벌어진다.

> 나는 사건이다
> 깊은 숲 속 시간의 무거운 흐름 위로
> 어느날 튀어오른 물고기처럼
> 세상에 왔다
>
> —「시간의 사건」 부분

시인은 그냥 사건이라고 말했지만 시간을 거슬러올라 발견한 '나'는 그냥 사건이 아니라 사실은 놀라운 사건이다. 그는 속박이었던 시간을 이제 이 세상을 만든 그 무구한 세월이 집적된 존재로 환원시키면서 존재 가치를 새롭게 세운다. 그 시간은 어머니의 시간을 극복한 시간이다.

> 어머니의 무당은 육신의 나이테를 벗겨
> 기록을 읽고 미래를 점쳤지만
> 시간의 열기 속에
> 형체도 없이 사라지기 전까지

생은 시간을 역류하여 솟아오른 사건이다

          —「시간의 사건」 부분

어머니의 시간 속에선 과거가 현재는 물론이고 미래까지 속박한다. 어머니는 그래서 아이의 몸에 새겨진 과거를 무당의 힘을 빌려 점쳐보고 그에 맞추어 자식의 삶을 옭아매는 속박을 어떻게든 풀어보려 하지만 자식은 그 시간을 역류하여 아득한 과거로 거슬러오르고 그 역류의 몸짓으로 스스로의 존재 가치를 세운다.

그렇다면 시간을 역류하여 존재 가치를 다시 세운 뒤로 세상은 달라지는 것일까. 달라진다면 어떻게 달라지는 것일까.

시간에 순응할 때 화석은 굳어 있는 돌이다. 그러나 시간을 역류하면 그 돌은 하늘이 된다.

 돌이 된 하늘, 새는

 한번의 날갯짓으로 백만년을 난다

 흐르지 않는 시간의 딱딱한 결을 뚫고

 퇴적된 돌 속 바람 소리가 바위처럼 융기한다

          —「새의 화석」 부분

그리하여 김주대에 이르러 진화론이 다시 씌어지기 시작

한다. 지금까지의 진화론 속에서 우리는 환경에 대한 적응을 놓고 치열하게 경쟁해야 했다. 자본주의 세상에선 돈을 놓고 경쟁하여 그 경쟁에서 이긴 자들이 승리자가 된다. 그러나 김주대의 진화론은 그 경쟁에서 패배한 자들을 위한 진화론이다. 현실의 진화론에서는 허공에 적응한 승리의 뒤끝에서 새의 진화가 설명되지만 그에게 새의 진화는 "벼랑 끝에 이른 삶"이 "허공에서 길을 찾"을 때 이루어진다. 다시 말하여 새는 하늘을 나는 것이 아니라 "땅에서 추방된" 운명을 "하늘에 터널을 뚫"(「진화론」)으며 극복한 존재이다.

동굴도롱뇽붙이의 진화도 같은 맥락에서 설명된다. 동굴도롱뇽붙이는 동굴에 살면서 눈이 퇴화한 것이 아니라 사랑을 찾아 "시력을 버린 것"이다. 시력의 퇴화는 곧 사랑의 진화된 양상이다.

내가 시력을 버린 것은 사랑이 눈으로 오지 않기 때문이었다. 눈으로 나눈 사랑의 가벼움이 무지개를 만들던 순간에도 잡을 수 있는 것은 아무것도 없었다.
———「동굴도롱뇽붙이」 부분

진화는 환경에 대한 적응이 아니라 벼랑 끝으로 몰리거나 꿈을 가진 자들의 능동적 대응으로 이루어진다. 이러한 김주대의 진화론은 이제 현실로 옮겨간다. 한진중공업의 김진숙이 정리해고 철회와 노사합의 이행을 외치며 크레인 위로 오른 것은 고공 농성이 아니라 사실은 새로운 진화의 모습이다.

> 차가운 바람이 주검처럼 너풀대는 곳
> 서 있기만 해도
> 반평생 용접공의 불똥
> 빵꾸 난 몸 구멍마다 고름처럼 피리 소리가 새어나오
> 는 곳
> 사는 것이 얼마나 힘들었으면
> 목매달아 죽은 시신의 얼굴이 편안했던 곳
> 죽은 자와 산 자가 연대하는
> 목숨의 바닥이자 고공인 크레인에서
> 인간의 궁극을 운다
>
> ──「김진숙」 부분

사람들이 "인간의 궁극"을 우는 그 울음에 공명하여 그 자리에 함께 모이고, 그 사람들 모두가 "고공"이 될 때 그것이 바로 이 사회의 집단적 진화가 된다. 그리고 사회가 진화될 때 시인의 바람대로 '세상의 모든 김진숙들'이 "살아서 뚜벅뚜벅" 크레인을 내려오게 된다. 시인은 뚜벅뚜벅 걸

어서 내려온다고 했지만 사실은 그 순간 함께 고공이 된 수
많은 사람들이 김진숙을 살아 내려오게 하는 허공을 이루
는 것이며, 김진숙은 그 허공을 날아 하늘에 터널을 뚫고
있는 새에 다름 아니다. 무수한 사람들이 모여서 만드는 그
지상의 허공이 없을 때 고공에 오른 자는 떨어져 죽는다.

이제 북극성의 별빛을 길 안내로 삼아 걸었던 밤길의 끝
에 다 온 느낌이다. 시인이 새롭게 쓴 진화된 세상에선 어
디서나 풍경이 편안하다. 그 세상에선 구름이 지나갈 때
"양떼가 이동하는 하늘"을 볼 수 있다. 양떼구름을 양떼로
줄여 쓴 것이라 평범하게 해석할 수 있지만 내게는 양처럼
착한 존재가 하늘 같은 가치를 갖게 되는 세상처럼 여겨졌
다. 아마도 아직 진화되지 않은 세상에선 산이 그처럼 착한
양떼가 이동하는 길을 막는 험난한 장벽이 될 것이다. 그러
나 진화된 세상의 풍경은 그렇지 않다. 그 세상에선 산이
양떼가 지나갈 때까지 낮게 엎드려 높이를 낮춘다.

　양떼가 이동하는 하늘을 보았다
　몽골의 어느 길가 깊고 순한 사람들처럼
　산은
　양들이 다 지나갈 때까지 엎드려 있었다

　　　　　　　　　　　　　　　　　　　—「구름」 전문

진화된 세상에서도 어느 집의 빨랫줄에 널어놓은 양말에서 "한주일의 고달팠던 발들"이 보이는 것은 여전하다. 하지만 이제 이곳에선 그 한주의 고달픔을 햇살이 위로해주고 있다.

> 발들이 걸어왔던 눅눅한 길을 햇살이 어루만져주고 있다
> 월요일에는 저 가운데 하나가
> 뽀송뽀송한 몸으로
> 주인을 따라 길을 나설 것이다
>
> ──「양말 여섯켤레」 부분

이제 세상은 평온하다. 새롭게 진화된 세상이기 때문이다. 이미 우리는 그 진화의 세상에 와 있다. 그럼에도 이 진화된 세상을 우리 모두가 향유하고 있는 세상이라고 말하기엔 너무 멀어 보인다. 그 진화된 세상으로 모두가 함께 갈 수 있는 길이 아직 진화가 덜된 세력에 의해 여전히 막혀 있기 때문이다.

3

걸음을 마무리할 시간이 되었다. 나는 다시 북극성을 올

려다본다.

　　아들이 나의 해결할 수 없는 벅찬 사건이듯이
　　모든 생은 스스로를 수습한다
　　　　　　　　　　　　　　　　　　　—「시간의 사건」 부분

　어머니의 시간을 살았던 시인은 그 시간을 극복하여 아
버지의 시간을 세우고 그 시간을 아들에게 물려주는 것으
로 자신의 시간을 마무리 짓는다. 어머니의 시간이 과거에
순응하며 살아가려 했던 시간이라면 아버지의 시간은 속박
의 시간이 된 가까운 과거를 거슬러올라 하늘과 우주에 이
르고, 그 역류의 시간으로 스스로의 존재 가치를 세우는 시
간이다. 그리고 그 역류의 시간 뒤에 아침이 밝아온다. 오래
도록 밤길을 걸어 아침을 맞은 내 눈에 이 여행길을 마무리
해준 것은 한 가족이다.

　　여자가 아기의 말랑한 뼈와 살을 통째로 안고
　　산후조리원 정문을 나온다 아직
　　아기의 호흡이 여자의 더운 숨에 그대로 붙어 있다
　　빈틈없는 둘 사이에 끼어든 사내가
　　검지로 아기의 손을 조심스럽게 건드려본다
　　아기의 잠든 손이 사내의 굵은 손가락을

가만히 움켜쥔다

─「가족의 시작」 전문

밤길의 끝에서 마주한 아침의 세상에서 새로운 진화가 시작되고 있었다. 밤하늘의 별을 보고 길을 걸어 그 아침의 가족을 만난 나는 루카치의 옛 시절 사람들처럼 행복했다.

金東源 | 문학평론가

등때기가 서늘해지자 등때기를 닮은 겨울이 왔다.

한숨을 쉬니 한숨을 닮은 바람이 불었고,

퀭한 눈에 고이는 풍경을 흉내 내며 하늘이 깊어갔다.

얼굴에 마른버짐이 필 때는 밤하늘에 마른버짐 같은 별이 돋았다.

세계는 한시도 곁을 떠나지 않고 나와 동일하게 나이가 들어갔다.

외롭지 않다.

변두리 공원을 찾아가 더러 낮술을 마셨다.

붉게 취한 나를 닮겠다고 단풍이 다투어 타오르던 가을도 있었다.

아무리 생각해도 외롭지 않다.

나는 비록 생계의 낮은 벽에 납작하게 붙어 조금 비루했지만 높고 험한 벽을 넘어가던 지난여름 푸른 담쟁이들의 과장법을 질투하지 않았다.

내 안의 수많은 '나'들인 핏줄과 근육과 뼈와 살들이 불만 없이 나를 위해 존재한다.
그들은 내가 생각하기도 전에 스스로 상처를 치유하며 견뎌 목숨을 이어주기도 한다.
한시도 나를 떠나지 않는 이들이 곁에 있다.

외롭기로 작정해도 외로울 수가 없는 게 맞다.

시를 쓰고 싶어서 주변 사람들 다 못살게 해놓고 이기적으로 시를 썼다.
이제 와서 미안하다고 말하고 싶다.

2012년 11월
김주대

창비시선 353
그리움의 넓이

초판 1쇄 발행/2012년 11월 26일
초판 14쇄 발행/2025년 4월 28일

지은이/김주대
펴낸이/염종선
책임편집/이하나
펴낸곳/(주)창비
등록/1986년 8월 5일 제85호
주소/10881 경기도 파주시 회동길 184
전화/031-955-3333
팩시밀리/영업 031-955-3399 편집 031-955-3400
홈페이지/www.changbi.com
전자우편/lit@changbi.com

ⓒ 김주대 2012
ISBN 978-89-364-2353-7 03810

＊ 이 책 내용의 전부 또는 일부를 재사용하려면
  반드시 저작권자와 창비 양측의 동의를 받아야 합니다.
＊ 책값은 뒤표지에 표시되어 있습니다.